철없던 '나'란 사람이 한 아이의 인생을 책임질

엄마가 되기까지

※ 이 도서의 국립중앙도서관 출판시도서목록(CIP)은
서지정보유통지원시스템 홈페이지(http://seoji.nl.go.kr)와
국가자료공동목록(http://www.nl.go.kr/kolisnet)에서 이용하실 수 있습니다.
(CIP제어번호: CIP2017009018)

엄마가 되기까지

철없던 '나'란 사람이 한 아이의 인생을 책임질

엄마가 되기까지

따봉맘 김수희

VegaBooks

여는 글

하루에도 몇 번씩 핸드폰을 찾아 헤매고, 옷에 항상 커피나 음식을 흘리고, 누울 자리만 깨끗하면 되는 덜렁이. 엄마가 된다는 생각은 해본 적도 없는 내가 뱃속에서 힘차게 뛰고 있는 네 심장 소리를 들었던 그 날, 내게 찾아온 네가 너무 고마워서 꼬옥 안아 주고 싶었다. 쿵쿵거리는 발길질과 꼬물거리는 움직임이 신기하기만 했던 철부지 엄마는 그저 뱃속의 아가를 빨리 만나고 싶다는 생각뿐이었다.

하지만 엄마가 되는 일은 생각처럼 쉽지 않았다. 먹는 것도, 싸는 것도, 심지어 자는 것도 엄마가 필요한 갓난아이를 돌보려면 내가 먹고, 싸고, 자는 것을 미뤄야만 했다. 밤낮도 주말도 없이 아기의 생활에 맞춰야 했다. 외출도 쉽지 않았기에 혼자만의 시간이란 건 기대할 수 없었다. 아기가 태어나자 내 생활은 사라졌고 한순간에 너무 많은 것들이 변했다. 잠든 아기를 안고 시계 소리만 가득한 방에 홀로 앉아 있을 땐 모든 게 끝났다는 생각도 들었다. 이대로 아이에 묻혀 내가 없어질 것 같았다.

조용한 시간을 이상한 생각으로 채우는 내 모습이 싫어 아이가 잠든 밤에 틈틈이 그림을 그리기 시작했다. 아직 내가 여기 있다고 어딘가에 외치고 싶어 포스트를 시작했다. 그리고 하나둘 달리는 댓글들을 보며 나 혼자만 외롭고 힘든 시간을 보내는 게 아니라는 것을 깨달았다. 모두가 같은 상황, 같은 시간 속에서 '엄마'가

되기 위해 눈물을 이겨 내고 있었다.

아이가 스스로 할 수 있는 일이 많아진 요즘, 지난 시간을 돌아보니 이제야 알 것 같다. 태어나서 처음 느끼는 사랑을 알게 해준 것도, '나'라는 사람을 '엄마'가 되기까지 이끌어 주고 있는 것도 바로 너였다는 걸. 사랑하는 너와 함께 하는 모든 순간이 바로 내 인생 최고의 선물이란 걸.

그간 포스트에서 함께 울고, 웃어 주신 분들께 감사드립니다. 마음이 담긴 댓글들에 오히려 제가 위로를 받았습니다. 사랑하는 남편과 따봉이, 책이 나오기까지 많은 도움을 주신 시부모님과 부모님께도 정말 감사드립니다. 그림 그리는 일을 시작할 수 있게 이끌어준 친절한 혜강씨, 그림체가 자리 잡을 때까지 많은 조언을 해준 쩡수, 바쁜 와중에 항상 응원해준 친구들에게도 고마운 마음을 전합니다. 마지막으로, 소재의 원천이 되어 주고, 힘든 순간을 함께 견뎌낸 조리원 동기들아, 고마워!

2017년 봄에
따봉맘 김수희

차 례

1부 드디어 탄생

2부 엄마가 된다는 것

3부 따봉이가 가르쳐준 것

4부 오늘도 극한육아

\boxed{\text{프롤로그}} 엄마라는 존재

내가 어릴 적에 엄마는
매우 큰 존재였다.

뭐든 다 알고

그건 꽃이야~

그건 풀

엄마! 이거 뭐야?

그럼 저건?

\text{}

어려운 문제들도
쉽게 해결할 수
있는 그런 존재였다.

하지만 내 머리가 크면서
엄마의 존재는 작아졌다.
엄만 모르는 것도 많았고
사소한(?) 일로 화도 잘 냈다.

난 말도 못해?
맨날 하려고 맘먹으면
혼내니까 하기 싫지!

내가 엄마라면 아이를 좀 더
이성적으로 대할 거라고,
아이를 좀 더 믿어줄 거라고
생각했었다.

그러다 따봉이를 낳고,
쉴 틈도 없이 우는 아기를
달래다 눈물이 핑 돌 때 쯤
엄마가 생각났다.

으애!

엄마 힘들어.
그만 울고 좀 자.

궁디
팡팡

으으앵!

30일 된 아기 때리는
이성적인 엄마

엄마도 갓난아이를 안고
어쩔 줄 모르던
초보 엄마였구나,
이런 맘으로
날 어르고 달래며
키우셨구나란 생각이 드니

이제야 엄마의 인간적인
모습들이 이해됐다.

엄마도 내 한몸 챙기기도
벅찬 한 사람이었구나...
날 위해 많은 것을 포기하고,
희생하며 견뎠구나...

길고 긴 육아의 무게를
실감하게 되니 부족한 게
많은 내가 엄마만큼
할 수 있을까 걱정되지만

내가 엄마에게 받았던 사랑을 떠올리며
따봉이에게 멋진 엄마가 되기 위해
노력하려 한다.

1장

드디어 탄생

번쩍!

어떤 일이든 본인이 직접 겪어 봐야 안다더니,
나름 철들었다 생각했던 그때도
엄마의 마음을 제대로 알지 못했었습니다.
당연하게 생각했던 엄마의 자리가
얼마나 많은 노력과 희생으로 만들어지는 것인지,
아기를 낳은 지금에야 조금씩 이해가 되기 시작합니다.
"꼭 너 같은 딸 낳아서 길러 봐라"라는 말이
얼마나 무서운 말이었는지도요. ^^;

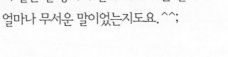

1화 **따봉이, 탄생하다**

나는 요즘치곤 결혼을 일찍 한 편이다.
일찍 결혼해서 연인같은
신혼을 즐기고 싶었는데,

6개월도 되지 않아
선물을 받게 될 줄 몰랐다.

덕분에 남편이랑 재밌게 놀 생각뿐이던
철없는 엄마는 뱃속의 아기를 키우면서
'엄마'가 될 준비를 하게 됐다.

웹툰 먼저 보자···

태교는 생각날 때,
출산 준비는 벼락치기

"분만의 통증은 상상에 의한 것이다.
유도분만, 무통주사 없는 자연분만이
아이에게도, 엄마에게도 좋다"

그러다
'자연주의 분만'에 대한
책을 접하게 되었다.

좋아!
자연주의
분만 도전!

그래서 무통을 권유하는 남편에게
나는 절대 무통을 맞지 않겠다며
호언장담 했다.

그러다 이제 슬슬
이슬이 비치나 싶어
병원에 갔더니,

양수가 터졌으니
오늘 출산을 해야한댄다.

유도분만을 하니
순식간에 극심한 고통이 밀려왔다.
죽을 것 같이 아픈데
계속 기다리라는 말만 하는 간호사…

겨우 1분 지났어??

출산 가방 가져오라고
남편 집에 보냄

점점 더 심해지는 고통에
두려움이 극에 달한 나는,

*출산 가방은 출산 후 가져와도 됩니다.

남편이 잠깐 집에 간 사이에
무통 주사를 맞고 있었다···

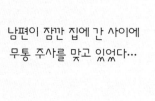

일단 살고 보자..

무릎 둥의서

강한 엄마는 어디에···

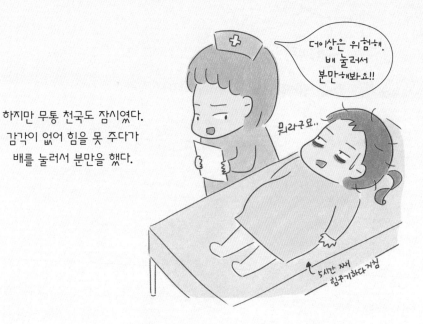

하지만 무통 천국도 잠시였다.
감각이 없어 힘을 못 주다가
배를 눌러서 분만을 했다.

너무 지치고 아파서 모든 것을 빨리
끝내고 분만실 밖으로 나가고
싶다는 생각이 간절하던 그때,

응애!!

너의 첫 울음소리가 들렸다.

그제서야 너도 참 많이
애썼다는 생각이 들었다.
남편 품에 무사히 안긴
네가 고마워서,
너무 많은 감정이 울컥 밀려와서
나도 모르게 울었다.

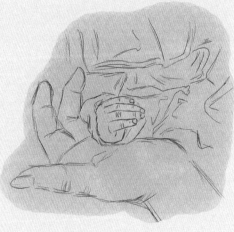

2015년 5월, 남들처럼 평범하게,
하지만 따봉이와 내게는 특별하게
엄마와 딸의 인연으로 만났다.

건강히 우는 아가를 보면서
10개월이란 긴 기다림의 시간이
끝났다 생각했지만,

모든 것은 이 때부터 시작이었다.

꿀 같은 조리원

내가 지금
무슨 말을 하는 거지

ㅋㅋㅋ

하하

??

나는 처음 만나는 사람 앞에서
매우 긴장한다.
처음의 그 어색함을
견디지 못하기 때문이다.

가끔 뛰는 소리가 나던데
애기 키우는 엄마끼리
인사나 하고 지낼까?

한번은 윗집 엄마와
엘리베이터에서
우연히 마주쳤는데,

분리수거
쓰레기가
참 많네...

근데 뭐… 뭐라고 하지?
벌써 반이나 내려왔어.
빨리 아무 말이라도!!

어떻게 말문을 틀까
한참을 고민하다 말을 꺼냈다.

아… 안녕하세요

음… 이사
가시나 봐요?

…아닌데요

이 여자
뭐야??

초면에 이사가냐고 묻는
아랫집 여자가 되었다. -.-;;;

이렇듯 첫 만남에
항상 긴장하는 탓에
조리원에 처음 들어갈 때도
많은 걱정을 했다.

새로운 분위기에
많이 당황하기도 했지만

"아기"라는 연결고리를 통해
쉽게 친해질 수 있었다.

아기의 모든 것에 관해 이야기 하다보니
밥 먹으며 응가 얘기를 하기도 하고

수유가 잘 되지 않아 속상할 땐
(부모님, 친척, 의사쌤까지 모두
모유수유를 해야 한다고 하는데
이게 말처럼 쉽지 않았습니다.)

앞서 같은 고민을 했던
엄마들의 위로를 받기도 하고

생각보다 바쁘게
하루를 보내는 사이

대체 나는
왜 조리원에 온 것인가
언제쯤 쉴 수 있는가…

어색함이 아쉬움으로 바뀔 때 쯤,
그날이 왔다···

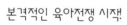

본격적인 육아전쟁 시작!

3화 식스센스

자유시간이
왔구나

내가 가장 먼저 배운
육아 용어는 "등센서"이다.

얼핏 본 단어였는데
실제로 겪어보니 저절로
그 뜻을 알게 되었다.

번쩍!

어머니
등 닿았습니다!

백색소음(입)
+
자장가(폰)
+
흔들거림(몸)

숙―

숙―

ㄹㄹ

자장 ♪

자장 ♫

온갖 방법을 동원해
아기를 눕혔을 때
가장 긴장되는 순간은...

눈을 감고 있는데
하품할 때

자는거 아니었어?

아 함

혹은 이제 잠들었나 싶어
눈을 떴는데

눈을 동그랗게 뜨고
쳐다보고 있을 때

언제 자나 실눈뜨고 가만히 지켜보면
똑같이 실눈뜨고 엄마가 옆에 있나
확인하던 녀석...

이렇게 매일 머리싸움 하기를
10개월

이제 따봉이가
나를 재우고
나가기도 한다.

최근에 누워서 스스로 잠드는
수면교육을 시작했기에
조금은 편해지려나 싶었는데

이것도 만만치 않다.

(이빨로 온갖 곳을 물어대는 녀석…
매일 밤마다 스릴만점!)

으앵—

으아앙—
힝끔

새로운 머리 싸움을 하는 중이랄까?
(가짜울음을 하다 엄마 한번씩
쳐다보고 다시 우는 녀석…)

가짜울음 티난다…

크큭—

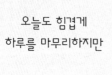

오늘도 힘겹게
하루를 마무리하지만

아아앙—

으애앵—

으아아악!!!

꽝
꽝

나갈거야
내보내줘어!!!

천사같이 잠든 네 모습에 힘을 내 본다.

언제쯤 혼자 잠드는 날이 올까요…?
그런데 막상 그날이 오면
기특하면서도 섭섭할 것 같습니다.

이유식 시작

100일이 지나
좀 살만해지니
이유식을 시작하게 되었다.

제2의 출산 준비라더니...
준비할 것도
알아볼 것도 많았다.

우리 아가
첫 음식. 꺄~

힘들어도 우리 아가를 위해
정성껏 준비해서

첫 술을 먹이니

엄마가 만들었어~

아~~♥

가차없이
뱉는다 -.-ㆷ

숟가락이
낯선 아기들은
숟가락을 젖병처럼 빨며
화를 낸다.

그래서 숟가락 두 개로
꼼수를 부리기도 하고

한 입이라도 더
먹이려는 욕심에
온갖 재롱을 떤다.

아기가 의사표현을
명확히 하면서 부터는
이유식을 강력히 거부하는데...

화를 낼 수도 없으니
참 난감하다 ^^;;

어릴 적부터 타이밍 맞추는 건
기막히게 못하던 내게

이유식 먹이기는 마치
Level 100짜리 게임 같다. T.T

이유식을 다 먹인 후
주변을 둘러보면 기운이 빠지지만
이렇게 해맑게 웃는 널 내가 어쩌겠니...^^

국수 이유식 후.jpg

이유식 전쟁은 아직도 진행중

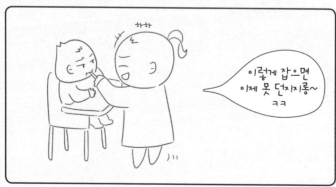

5화 누구를 위하여 청소하는가

나는 정리정돈을 미루다
한번에 치우는 성격인데 반해

남편은 물건을 바로 제자리에
두는 성격이다 보니
부딪히는 일이 많았다.

물론 노력은 했지만
남편 성에 안 찼다...

그래서 따봉이 출산 후
남편의 걱정이 많았는데

게으른 엄마는
현실과 적당히 타협하며
버티고 있었다.

하지만 따봉이가
기어다니기 시작하면서

더 이상 현실을
외면할 순 없었다.

뭐… 뭘 주워
먹는거야…

결국 엄마도 남편도
바꾸지 못한 나를
따봉이가 바꿔 놓았는데…

또 바로
해랏

열냥

열냥

엄마 여기는 안 했음

아~ 끝났다

어찌보면
청소검사를 하는 것 같다.
(꼭 청소 안 한 곳으로
돌아다님 -.-;)

심지어 남의 집 주인마저
청소하게 만드는 녀석...

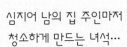

휙-
휙-

어머나~
집 좀 치워야지

???
??

하루 종일
따봉이 뒤를 따라다니며
청소를 하다 보면
어릴 적 엄마의 잔소리가
떠오르곤 한다.

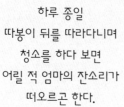

방이 이게 뭐야!
청소 좀 하고 살아!

뭐가 어째?

청소는
엄마 일이잖아!

당연하게 '엄마 일'이라고
생각했던 집안일을
내가 직접 도맡아 해보니

엄마가 내게 한 건
잔소리가 아니라
외롭고 고된 집안일에
지친 하소연이었던
생각이 든다.

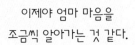

이제야 엄마 마음을
조금씩 알아가는 것 같다.

아기를 키우다 보면
엄마한테 잘못했던 일들과
받았던 것들만 생각나는 것 같습니다.

하지만 이런 생각이 들어도
아직도 사소한 일로 엄마에게 투정을 부리곤 합니다.
오늘 만큼은 꼭 감사하다고 말해야겠습니다.

6화 아빠가 놀아요

아빠가 놀아주는 게
아이에게 좋다는 이야기를
요즘 많이 접한다.

그래서 남편에게
아이를 맡겼을 때는 가급적
신경쓰지 않으려 하는데

... 매우 신경 쓰인다.

아이랑 재밌게 놀아주는게 아니라
(본인이) 재미있게 놀고 있는
남편 -.-

심지어 남편이 울린 아이를
달래려 하면 몹시 질투하면서
따봉이를 건네주지 않는데

오구~ 우리 애기
엄마한테 와~

흥!

으앙

엄만 필요없어.
아빠가
안아줄게.

으 애 앵

왜 애를 더
울리는 거야

... 그것도 매우 신경 쓰인다.

아빠가 활동적으로 놀아주는 게
아이한테 좋다는데

로켓 놀이
(머리를 땅에 박는 게 포인트)

소파 낙상체험

갓 앉은 아기 수레 태우기

너무 격하게 놀아주는 것도 좀 걱정이 된다.
(＊따봉이는 딸입니다, 딸…)

웬일로 별 탈 없이
잘 논다 싶으면

간만에 잘
놀아주는군

이상한 소리를 하고 있다.

남편 딴에는
아이랑 놀아주기 위해
노력(?)하고 있지만

남자의 본능을
이겨내진 못하는 듯 하다.
(어느 틈엔가 소파에 누워
따봉이를 보고만 있는 남편)

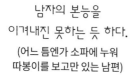

결국 참고 있던 잔소리가
폭발하게 되는 나...

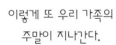

이렇게 또 우리 가족의
주말이 지나간다.

behind story

남편이 아기와 보내는 시간도 존중해야 하는데…
그게 왜 이리 어려울까요?
매번 남편에게 잔소리하게 되네요.

7화 각자의 사정

집에 복귀한 첫 날,
정신줄을 놓은 채로
하루를 보냈다.

얼마나
정신이 없었느냐 하면...

빨래...
빨래도
널어야지!

아...기!

탯줄을 빨아 버릴 정도로
정신이 없었다.

!?

니가 왜 여기서
나오니···?

하양고 깨끗하게
빨린 탯줄

탯줄이 구겨지면 안되니까
(푹신하게) 빨래 가방에 넣어
가져 가자!

나 잔머리
좀 꺼내는 듯ㅋㅋ

사건의 전말 -.-;

이렇게 정신없는 생활이
100일간 지속될 줄은 몰랐다.
해야 할 일은 많았고,
시간은 너무 부족했다.

하루종일 귀에다 대고 우는 아기를
몇 달간 달래다 보면
나중엔 짜증도 나고 화도 난다.

남편은 일이 바빴고,
매일같이 술을 마시고 왔다.
(야근 후 술 한잔 하는 것은 일상)

늦게 들어와
집안일을 돕는 남편에게
고맙기도 하고
일이 얼마나 바쁜지
이해가 되기에 참았지만...
(같은 업계에서 일했었음)

이런 일상이
너무 오래 반복되다 보니
나중엔 나도 한계에 다다랐다.

나는 볼일도 마음 편히
보지 못하고

잠도 2시간 단위로 끊어 자느라
잔 것 같지도 않고

하루 종일 애기 우는
환청에 시달리고

밥도 제 때 못 먹고
나중에야 급하게 먹어야 하고

샤워할 타이밍을 놓치는 날이 많아
남편이 올 때까지 씻지도 못하고
기다리고만 있는데

하루 종일 홀로 씨름하는
내 속사정도 모르고
그날도 어김없이 술을 마시고
들어온 남편에게 화를 냈다.

너는 두 시간씩
쪼개서라도 자고 있지?
나는 하루에 두 시간
잘 때가 많아...

프로젝트 막바지라
다들 너무 바쁘기도 하고
여럿이 일하다 보니
일이 꼬이는 경우도 많아서

사석(술자리)에서 이야기로
풀어야 할 때가 많아.

일이 열한 시, 열두 시에 끝나서
술 한잔하고 오는 거고
요즘은 나도 속상해서
술 한잔하고 싶을 때가 많아.

술 마시고 늦게 들어와도
집안일이 남아 있는 건
도와주잖아.

퇴근 전에 엎드려서
30분 자고 올 때도 있고

퇴근하면서 핫식스 먹고
올 때도 많아.

불같이 화를 내며
서로의 일상을 얘기하던
우리는

서로가 측은하게
느껴지기 시작했고

각자 엄마, 아빠라는 자리에서
최선을 다하고 있었음을
긴 대화를 통해 깨닫게 되었다.

"내가 힘든 만큼
너도 힘들었구나….”

"너도나도 각자의 자리에서
최선을 다하고 있었구나….”

100일까지는 정말 많이 힘들었습니다.
먹고, 싸고, 자는 기본적인 일들을 맘 편히 할 수 없었거든요.
누구나 그렇듯 자기 몸이 지치고 힘들면
다른 사람은 잘 보이지 않나 봅니다.

서로가 가진 고충을 이해하니
우울하고 지친 마음이 많이 위로 되었습니다.
육아에 지친 다른 엄마 · 아빠들도
꼭 대화를 통해 지친 맘을 달래보세요.

behind story

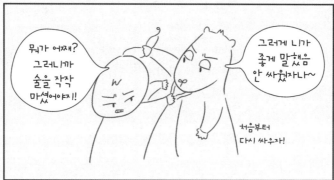

부부싸움은 칼로 물베기 ^^;

♥모든 걸 포기해도

오랜만에 이른 시간에
전철을 타본다.

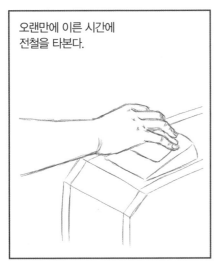

바삐 움직이는 사람들을 관찰하며
천천히 발걸음을 내딛는다.

육아휴직 내내 하던 고민의 종지부를
찍는 날인데, 생각과 달리 마음이 무겁다.

피곤한 듯 졸고 있는 사람들을 보며
내게도 이런 아침이 있었다는 사실을
떠올려본다.

내 선택에 확신을 가졌었는데,
회사에 가까워질수록 마음이 흔들린다.

내 모든 것이 되어버린 너와 잠시 떨어져
보니 잊고 있던 내 모습이 하나둘 보인다.

출근 후 쏟아지는 잠을 이겨내기 위해
매일 커피를 사던 출근길 커피숍

노트북 가방을 매고 지긋지긋하게
지나다니던 회사 입구

어제 본 것처럼 변한 것 하나 없는
팀원들과 동기들 모두 제 자리에서
평소와 같은 하루를 보내고 있었다.

이제 이 하루에서 나만 사라지게 된다.
씁쓸하게도 그렇다고 해서 달라질 건
하나 없다.

팀장님과 면담을 하는데, 문득 떨리는
맘으로 면접을 보던 그 때가 떠오른다.

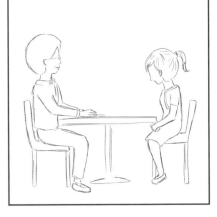

내가 이 회사에서 대단한 사람이 될 거라
생각했었다.

아니, 난 내가 대단한 삶을 살거라
생각했었다.

내가 그려온 미래에 '엄마'란 자리는
전혀 없었다. 아이로 인해 이렇게
변하리란 생각은 못 했었으니까

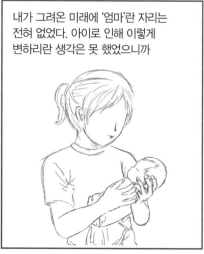

손 때가 묻은 노트북을 오랜만에 켜서
사직서를 쓰는 지금에야 깨달았다.

나도 모르게 이 생활을 그리워했었다고.
내가 포기한 것은 회사가 아니라
내 꿈이었다고.

내가 잃은 것들의 무게를 안고 집으로
발걸음을 옮긴다. 누군가에게 안겨 위로
받고 싶단 생각으로 돌아간 집에는

내게로 달려와 안기는 네가 있었다.

그래, 이 모든 걸 포기해도
아깝지 않은 네가 있으니 됐다.

삶의 모습이 조금
변한 것뿐이니 괜찮다.

2장

엄마가 된다는 것

"안녕? 음… 내가 네 엄마야"라고
어색하게 인사했던 게 엊그제 같은데,
벌써 1년이란 시간이 지났다.
짧다면 짧고, 길다면 긴 시간 동안
너는 내 폰 속 사진 앨범을
네 얼굴로 가득 차게 만들었고,
모든 SNS를 네 얼굴로 도배하게 했고,
내 모든 대화 주제마저 너로 바꾸게 했다.
남들이 뭐라 하든
너는 나에게 금쪽같이 예쁜 딸이야.

8화 없어진 인생

날씨도 좋은데 따봉이랑 놀러갈까?

지난 주에 갔잖아. 오늘은 쉬자.

아기 낳기 전처럼 산다는 건 욕심이에요.

요즘 왜 이리 남편과 싸울까하고 생각을 해보니

지난 주는 지난 주고 날도 좋은데 우리도 놀러가고 싶어!

평일 내내 일했는데 나도 좀 쉬자!

서로 아기 낳기 전의 생활을 너무
그리워하고 있단 걸 깨달았어요.

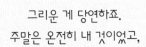
그리운 게 당연하죠.
주말은 온전히 내 것이었고,

평일 저녁도
나만을 위한 시간이었고

뭐든 내 뜻대로 되는
하루하루였으니까요.

하지만 이젠
그렇지 않아요.

아기가 우리에게 왔고
우리 삶의 모습도 이제 변했어요.

내가 상상한 육아는 이게 아냐...

인생의 새로운 막이
열린 거죠.

이걸 받아들이지 않고
예전의 내 시간과 지금의 내 시간을
비교하며 투덜거리면

부부가 끝없이
부딪힐 수 밖에 없어요.

이젠 아이가 함께한
삶의 모습에
익숙해져야 해요.

이 아기띠는
내가 너를 묶어두기 위함인가
네가 나를 묶어두기 위함인가?

기저귀가방
구려...

많은 것을 잃었지만

너무나 예쁜 웃음,

한없이 맑은 눈동자,

언제나 뒤를 졸졸 따라다니는
귀염둥이를 얻었잖아요.

부모님께 받았던 사랑을
이제 우리가 아가들에게 줄 차례예요.

현재의 모습을 인정하고,
그 안에서 새로운 자유와
행복을 찾아보세요.

9화 잊지 않을게

따봉이를 낳은 지 한 달 되던 날

새벽에 수유를 마치고 졸다가 그만
따봉이를 떨어뜨렸다.

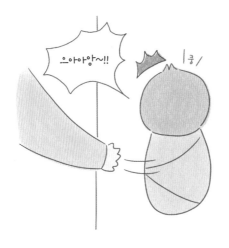

나는 이 날을
잊지 않으려고 한다.

네가 커갈수록 나도 모르게
너에 대한 기대가
커질 지 모른다.

나의 욕심으로
널 다그칠 수도 있고

세상에서 하나뿐인
소중한 너를
다른 아이와
비교할 수도 있다.

그때마다 남들처럼
별 탈 없이
자라기를 바랐던 이날을
기억하고자 한다.

부족한 엄마때문에 잘못될까
걱정했던 이 밤을...

별 탈 없이 건강히만 커달라고
기도했던 72시간을...
(신생아는 낙상 후
72시간 동안 경과를 지켜봐야 합니다.)

내 뱃속에서 뛰던
네 심장 소리에 기뻤고

내 품에 안겨 수유를 하던
그 모습이 사랑스러웠고

엄마~

처음으로 엄마란 말을 듣고
감격에 겨웠고

네가 처음으로 걷는 그 모습에
즐거워 박수치던
이날들을 기억하려고 한다.

너의 사춘기로 내가 많이
외롭고 힘들어져도

네가 내 기대와는
다른 길을 걷더라도

너는 그저 존재 자체만으로
나를 기쁘게 한다는 걸

평생 건강히,
별 탈 없이 살면
그것만으로도
감사한 일이란 걸

우리 딸 데려간
요 도둑놈…ᄼ

어서와~

엄마!
나 왔어~

항상 기억하고 살려고 한다.

"기억하세요?"

요 조그마한 꼬맹이들을
처음 만났던 그 순간을.
아무 이상 없이
남들처럼 자라주기만을 바랐던 그때를….

아이들과 지지고 볶다보면
이 소중한 순간들을 잊게 되네요.

어린이날이 다가오는데
선물만 챙길 게 아니라
아이들의 마음도 챙겨 주세요.

한 번 더 눈을 마주치고
한 번 더 웃어주고
한 번 더 사랑한다고 말해주세요.

10화 엄마도 엄마가 필요해

많이 아파?
심한 것 같은데···

응··· 몸살이야.
약 먹으면 괜찮을거야.

따봉이를 낳은 후론
내가 아픈 건
잘 참아내게 됐다.

반차 내고
병원 가는 날

괜찮아,
난 강한 엄마니까!
먼저 병원다녀와.

"이제 엄마가 됐으니
강해져야 돼!"라고
생각했기 때문인데

진짜 괜찮겠어?

···알았어

혼자 있을 때
이만큼 열나본 적 없음

헉... 열이 이렇게
오를 수가 있는 거야?!

막상 열이 40도 가까이 오르니
덜컥 겁이 났다.

몸이 으슬거리고
머리가 깨질 것 같아
앉아있기도 힘들었다.

엄만 아파도 쉴 수가
없는 거구나.

따봉아...
엄마 잠깐 누워있을게.

으아아아앙~

엄마가 높이 안아주기가 힘들어...

미안해...

엄마가 평소와
다르게 느껴졌는지
눈치를 보다 떼쓰는 따봉이를
안아주지 못해서
같이 울었다.

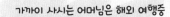

가까이 사시는 어머님은 해외 여행중

금방 올게~

하필 상황도
애매할 때여서

남편은 지난 주에도
연차를 써서 눈치가 보이고

내가 연차 낼게!

엄만 멀리 사시는데다
근무일이셨다.

엄마 낼 휴무인데~

평소 받던 도움들이
얼마나 컸는지 새삼 느낄 수 있었다.

일이 생기면
언제든 달려오시는
시어머니

딸이 부르면
먼길 달려오시는 엄마

맥락에 안 맞지만
도와준단 말 안 넣으면
툴툴대는 남편

다행히 친정엄마가
급히 연차를 내고
먼 길을 와주셨는데

우리딸!
많아 아파?

엄마···

아파서 누워있는
내 머리를 쓸어 넘기는
엄마의 손길에
어릴 적 생각이 났다.

이젠 내가 따봉이를
책임져야 한다는
생각뿐이었는데

따뜻한 엄마 품...

아직 나도 엄마 품에 기대
맘 편히 쉴 수 있다는 사실이
참 감사했다.

언제나 같은 자리에서
나를 지켜보고 있는...

지금껏 당연하게 생각했던
엄마의 자리가 얼마나
큰 것이었는지

나도 알게 모르게 엄마한테
얼마나 의지하고 있었는지
새삼 깨달았다.

기회가 있을 때
조금만, 조금만 더 기댈게.

엄마~
사랑해...

그리고 조금이라도 더 자주 찾아갈게.
사랑한다고 더 많이 말할게.
사랑해... 엄마!

"문득"

문득 생각난다, 문득.
어릴 적 엄마 등이 왜 그리 넓어 보였었는지
반찬 투정하는 나를 쏘아보던 엄마가 왜 그랬었는지
아빠랑 싸웠을 때 아빠 편을 들면 엄마가 왜 그리 서운해했는지
밖에서 일하고 와서 나한테 화풀이한다고 말했을 때
왜 그리 슬퍼 보였었는지 이제야 알겠다.

어릴 적에 엄마라는 말만 들어도 눈에 눈물이 가득 찼었던 것은…
내가 알지도 못하고 받았던 사랑이 얼마나 큰 것이었는지
내 마음은 진작 알고 있었기 때문이었나 보다.

엄마~♥

11화 당신을 이해하기까지

이런 시절이
있을 줄은 몰랐지…

'나는 알아서 컸다'는
철없는 생각을 하던 때가
있었습니다.

하지만 제가 철이 들었다고
생각했던 그때도
저는 철이 들지 않았습니다.

딸, 이번 주도
안와?

용돈 더
드리지 뭐…

응~ 일때문에
좀 바빠~

짠—♥

아이를 낳아보니
이제야 부모님 마음이
이해가 갑니다.

마치 부분부분 빠진
퍼즐을 하나씩 맞춰
나가는 것 같습니다.

친구들을 모아 놓고
통기타 치는 걸 좋아했던
철 없던 소년이

아빠가 되고
가장의 자리를 지키기 위해

어떤 유혹들을 이겨내고
어떤 고통들을
묵묵히 참아냈는지
나는 알지 못했습니다.

꾸미는 걸 좋아하고
놀러 다니는 걸
좋아했던 소녀가

엄마가 되어
어떤 것들을 포기하고

어떤 마음으로
철없는 투정을 받아냈는지
나는 알지 못했습니다.

부모님이 걷던
그 길에 이제 막
발을 들인 우리가

부모님 마음을
온전히 이해하기까지는
꽤 오랜 시간이
걸릴 것 같습니다.

그게 어디서 배운
못된 버릇이야!

내가 뭘
잘못했는데!

이런 맘으로
혼냈었구나...

어쩌면 부모님 마음을
다 이해하고 난 그때는

감사한 마음을 전할 수도,
따뜻한 포옹을 해드릴 수도
없을지 모릅니다.

내 아이가 그저
웃어주기만 해도 마음 속에
기쁨이 가득 차는 것처럼

하루 일과를 마치고
자식 생각이 날 때쯤
걸려오는 전화 한 통이,

우리 딸~

사소한 일상을 늘어 놓는
익숙한 목소리가,

잘 지낼까 싶을 때 쯤
나타나는 그리운 얼굴이,

언제봐도 사랑스러운
내 자식의 웃음이 부모님께는
큰 기쁨입니다.

하루하루 줄어드는
부모님과의 시간을
올해는 좀 더 아껴보겠다고
오늘 다시 한 번 다짐해봅니다.

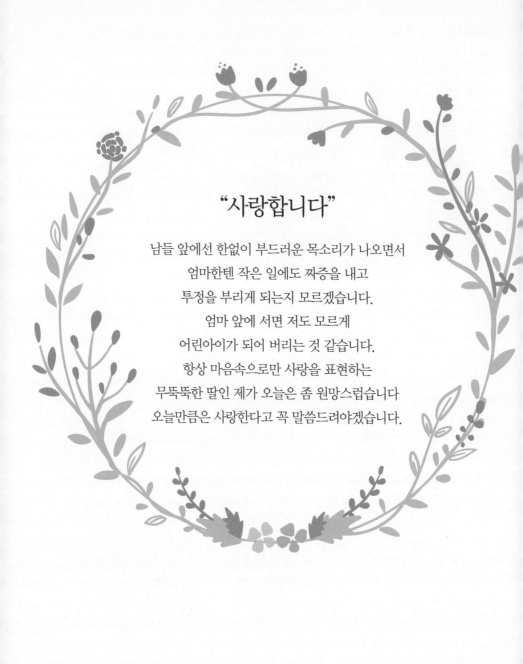

"사랑합니다"

남들 앞에선 한없이 부드러운 목소리가 나오면서
엄마한텐 작은 일에도 짜증을 내고
투정을 부리게 되는지 모르겠습니다.
엄마 앞에 서면 저도 모르게
어린아이가 되어 버리는 것 같습니다.
항상 마음속으로만 사랑을 표현하는
무뚝뚝한 딸인 제가 오늘은 좀 원망스럽습니다
오늘만큼은 사랑한다고 꼭 말씀드려야겠습니다.

12화 엄마 눈엔 다 예뻐

어쩌지? 딸인데...

쫑글
쫑글

처음으로
따봉이 얼굴을 보게 된 그날,
사실 나는 적지 않게
충격을 받았다.

그래도 시간이 지나면서
점점 예뻐지는 따봉이 모습에
카메라 셔터가 멈출 날이 없었다.

너무 예뻐~

남편이랑
이런 걱정을 할 정도…

하지만 이상하게도
밖에만 나가면
꼭 아들이냐는 질문을 받곤 했다.

예쁘단 소릴 들어보려고
치마 입히고
머리에 핀을 꽂아도

꼭 아들이냐고
물어보는 사람들이 많았다.
(치마는 아기띠에 가렸다 치고,
핀을 꽂았는데…)

한번은 따봉이가
예쁜짓하는 사진이 너무
사랑스러워서

할머니께 사진을 보여드렸더니
이렇게 말씀하셨다.

당시에는 적잖이
충격을 받았었는데

돌잔치 준비를 위해
사진을 정리하다 보니
할머니 말씀이 이해가 됐다.

누구냐 넌"

콩깍지가 벗겨진 후
보게 된 당시 모습

따봉이는 어릴 적 항상 솟아 있던 내 머리결과
아빠의 M자 이마를 물려 받은 덕에
항상 가운데 머리가 솟아 있었다.

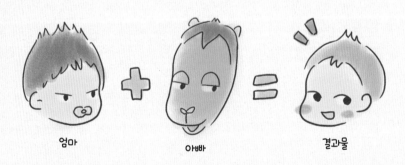

엄마　　　　　아빠　　　　　결과물

이건 뭐냐?

덕분에 친구들을 만나면
머리를 잡히곤 했었고

주변에서 일부러
머리를 세우는 거냐고
묻곤 했다.

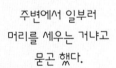

머리를 일부러
맨날 세우는 거니?

드라이   모자 씌워놓기
갖은 노력을 해도
솟아납니다

아니요

이만큼
 비웠던 게
조금 애교러짐

지금은 겨우 머리가 가라앉고
이마가 채워지긴 했지만
머리가 길어질 생각은 없는 것 같다.

최소 1년은 더 지나야
머리가 길어진다는데...
아들 소리 안듣게 하려면
더 노력해야 겠구나. ^^

따봉아, 치마입자
야아! 머리띠 빼지마~

짝욱—

후다닥—

13화 오늘도 무사히

따봉이를 만난 직후엔
어려운 일들이 많았다.
학창시절부터
비위가 약했던 내게

응가 기저귀는 공포였고
(더러운 걸 보면 하루 종일 생각남)

살은 자르면 안된다···
살은 자르면 안돼···

조심성 없는 내가 작디 작은
아기 손톱을 잘라줘야 하는 것도
두려웠다.

따봉이가 잘 때
자르면 쉽지~

그래도 1년간의
시행착오 끝에

역시
내공이 달라~

이야-

많은 일들에 익숙해졌다.

(낮잠 잔 지 20분 만에 깸.
황금 같은 자유시간을
놓친 자의 절규…)

이젠 손으로 응가를
눌러보기도 한다.

하지만 오히려 점점 더
어려워지는 일이 있다면...
그건 바로 기저귀 갈기!

누워만 있던 녀석이 뒤집고
기는 법을 배우더니
신이 났는지
가만히 있질 않았다.

날 눕혔어?

앉는 법을 배운 후엔
눕히기만 하면

앉고...
(생각보다 재빠름)

또?

이악-

ㄲㅎ

눕히기만 하면

그 누구도 날
눕힐 순 없어!

첫..!

앉았다... -.-
하...

요놈..!

우으으ㅡ!

결국은 발버둥치는 녀석을
잡아두고 기저귀를 갈아야 했다.

이야ㅡ
신세계ㅡ

잡고 서기 시작하면서는
끊임없이 일어나서 세워 둔 채로
기저귀를 갈 때도 많았고...

그러다 응가 폭탄에 당첨되어서
기저귀 내리다 손에 다
묻을 때도 많았다.

한참 걸어다니는 지금은
하도 발버둥을 쳐서

장난감으로 유혹한다.

이젠 기저귀 가는 건
그냥 사소한 일이 되었지만

이런 사소한 일들로
따봉이와 하루종일
씨름을 하고 나면

여전히 녹초가
되어 버린다.

그래서일까?
네가 잠든 후에 찾아오는 휴식은 달콤하다.
오늘 하루도... 잘 버텼다.

"드디어 하루가 끝났구나!"

언제부터인가 틈틈이 시간을 확인하는 버릇이 생겼습니다.
오후 6시가 되면 하루가 끝났다는 생각에 마음이 들뜹니다.
예전엔 가만히 앉아 먼 미래를 생각해보기도 했었는데,
이젠 하루하루 버티기에 바쁜
하루살이 인생이 된 것 같습니다.

아기가 좀 더 크면
가만히 앉아 생각에 잠길 여유도 생기리라
기대해 봅니다.

14화 사랑이 엄마

나는 아이들을
참 좋아합니다.

그래서 사랑이를 처음 만났을 때
예쁜 아가를 빨리 만나고
싶단 생각뿐이었습니다.

마침 주변엔 순한 아가를 둔
친구들밖에 없어서
아기는 밥 먹으면 예쁘게
자는 줄로만 알았습니다.

그런 제게 이렇게 예민하고
까다로운 아기가 찾아올 줄
정말 몰랐습니다.

태교도 정말 정성껏 했는데
도무지 왜 그런 지 모르겠습니다.

애기 힘들게
맨날 나가면 어째.

엄마가 봐줄 것도
아니잖아.
내가 못 버티겠다고!

집에선 끊임없이 울어서
100일부터
밖에 데리고 나오고

1년 새에 입원도 두 번이나 하고
지금도 한 달에 2주는 아프거나
밤새 보채거나...

통잠은 돌이 지난 지금도
자질 않습니다.
(통잠 : 밤에 잠들면 아침까지
10시간 가량 안 깨고 자는 것)

몸이 약했어도
항상 끈기 하나로
인정받았던 저인데

너무 지치고 힘들어
내뱉은 하소연에

엄마가 정신력이 약하다는 말을
들을 때면 속상했습니다.

이래도 저래도
우는 아가를 달래며
진을 빼다가

이런 말을 들었던 날은
내가 뭘 잘못하고 있는 건가 하는
생각에 우울했습니다.

다 그만두고 싶은데
그럴수가 없고
아픈 것도 아니라하고
하루 종일 애가 우는 이유가
뭔지 나도 답답하고···

하지만 자신감을 잃고 우울할수록
더 견디기 힘들고
어려워지는 것이 육아였습니다.

그럴때면
"난 지금 잘하고 있어!"라는
막연한 믿음으로 1년을 버텼습니다.

난 잘하고
있어..!

지도 없이
목적지도 모르는 길을
찾아가는
느낌이랄까?

(장 중첩으로 2번째 입원)

선생님, 아직도 아픈지 계속 울어요.

음… 제가 20년간 여러 아기를 봐왔는데 사랑이는… 그냥 많이 우는 아이에요.

그간 많이 나아졌지만 사랑이는 여전히 다른 아이들보다 까다롭고 예민합니다.

정말 책에서 나온 그대로 사랑을 듬뿍 주는 게 엄마인 제가 해줄 수 있는 유일한 일인 것 같습니다.

으응~ 사랑이 욕한거 아냐.

휙

지금 내 얘기 했슈.

우리 공주~

잠깐
나봐.

이젠 나를 위해서도,
사랑이를 위해서도
좀 더 자신감을
가져보려 합니다.

나는 아주 잘하고 있다고.
내가 잘못해서 그런게 아니라
사랑이가 엄마의 사랑을
더 필요로 하는 아가일뿐이라고.

"고생이 많아요"

부모가 아이를 키우는 건 당연한 일입니다.
하지만 당연한 일이라고 해서 안 힘든 게 아니에요.
아이를 보느라 내가 어떤 사람이었는지
잊고 사는 엄마들에겐
고된 일상을 하소연할 말동무가 필요합니다.
당연하지만 잘하고 있다는
따뜻한 응원이 필요합니다.

아이 보느라 지친 엄마들에게
말 한마디만 따뜻하게 해주세요.
고생이 많다고….

15화 어쩌다 아줌마

나는 아줌마다.

아줌마가 된 지는 좀 됐지만

이대로 계속
아닌 척 하기에는

나도 모르게 이 사실을
부인하고 있었다.

슬슬 양심의 가책이
느껴졌다.

옷장을 열면
먼지 쌓인 가방에
목 늘어난 옷들이 가득하고

그나마 몇 벌 없는 옷을 입으면
배가 도드라진다.

정성껏 예쁘게
화장을 해도

패션의 완성은
아기띠...

예쁘다는 인사는

이제 따봉이 몫이다.

아가씨 때는
멀리하던 것들을
하나씩 걸치고 있는
내 모습을 발견할 때면

이젠 영락없는 아줌마임을
다시 한 번 깨닫게 된다.

이렇다보니
'애기 엄마'란 범주 밖에서
바라보던 일들도
이젠 새롭게 보일 때가 많다.

신혼여행 당시엔 비행기에서
내내 울던 아기 울음이
짜증스럽기만 했는데

정작 따봉이가
제주도 가는 비행기에서
내내 울던 땐
바늘 방석에 앉은 것 같았다.

임신했을 때
카페에서 커피 마시는
애기 엄마들을 보며
이렇게 말했었는데

정작 내가 애를 데리고 나와
커피를 마실 줄은 몰랐다.

길거리에서 떼 쓰는 아이를
심하게 혼내는 엄마를 보면
나쁘다고 생각했었는데

겨우 14개월 된 아기한테
나도 모르게 화를 낼 때면
그때 그 엄마들의 마음이
이해가 된다.

쉬잇—

꺄아아아~

동지애가
느껴진다...

소리지르고
뛰어서 잡혀옴

나는 다를 거라 생각했었는데,
막상 겪어보니
남들과 다를 것 없이
키우고 있는 것 같다.

이렇게 별 다를 것 없는
아줌마가 되어가나보다.

"여전히, 나는 주인공이에요"

오늘은 뭘 먹일까 뭘 입힐까
뭘 더 해줘야 할까

삶의 중심이 나에게서 아이에게 옮겨 가니
내 삶을 사는 것인지
아기의 삶을 대신 살고 있는 것인지
혼란스럽고 씁쓸할 때가 많습니다.

내 모습이 많이 변했어도
잠시 삶의 초점이 아가에게 맞춰져 있어도
여전히 나는 주인공입니다.
사람 하나 만드는 가장 멋진 일을 하고 있잖아요!

먼 훗날 이 시간을 돌아보며
"난 당당하고 멋진 엄마로 살았구나"라고
기억할 수 있도록 지금 이 시간의 의미를 다시 되새겨 보세요.

♥부부의 깊이

부모님들은 연인들처럼 뜨겁고
강렬한 표현은 없지만

그들만의 깊이가 있는 것 같다.

어릴 적엔 부모님이 맨날 다투기만 하고
서로 숨긴다고 생각했는데

결혼하고 보니 그 노하우들이 대단하다.

우리 아빠 물건 사는 걸 싫어하셔서

엄마가 뭘 사오기만 하면 툴툴거리신다.

이런 아빠와 산지 이제 어언 30년인
우리 엄마

이젠 다투지 않고 아빠 다루는 법을
터득하셨다.

한편, 우리보다 옷도 멋지게 입으시고
나름의 패션 철학을 가지고 계신 시아버님

손녀딸에게 예쁜 옷 한 벌 사주고 싶은
마음에 어느날 옷을 사오셨는데

너무 안 예뻤다.

한참을 고민하는 내 모습을 보시던
어머님은

옷을 입은 따봉이 사진을 아버님께
보내셨고,

일단 자기도
입은 걸 보면
이상하단 걸 알겠지!

깔끔하게 문제를 해결할 수 있었다.

옷 입혔어~^^

별론데

가서 바꿔줘

3년차 초보 부부인 우리도 신혼 때보다는
노련하게 서로를 다루고 있다.

넘어진 책

3열째 놓인 컵

현압↑

그럴 때 방치된 쓰레기

내일 쯤
잔소리를 한번
해야겠구만...

우리도 우리만의 깊이를 만들어 가는
중이랄까.

내일 쯤
화나겠지?
그전에 치우자!

그걸 말이라고 해?

아빤 유리민 책상도
더러웠는데
난 다 찾을수있어

틀 틀

책상은
나만의
공간인데...

부부가 된 지금은 연애 시절과는 다른
온도로 사랑을 하고 있지만

어찌 보면 미지근한, 어찌 보면 기분좋게
따뜻한 이 온도도 나쁘지 않은 것 같다.

3장

따봉이가 가르쳐준 것

기억나세요?
우리가 왜 결혼했었는지,
어떤 다짐으로 뱃속의 아이를 키웠는지.
우린 함께할 때 행복했기에 결혼했고,
함께 행복하게 살 생각으로 아가를 기다렸다는 걸.
아이가 태어난 지 1년이 넘어가면서 느끼는 건
우리가 원하는 것을 아이에게 가르친 것보다
우리의 모습을 보고 따라 하는 것이 더 많다는 사실입니다.
아이가 행복하게 자라기 위해선
먼저 부부가 행복해야 합니다.
아이를 어떻게 키울지 고민하는 것도 중요하지만,
우리가 어떤 모습을 보여 줄지도 중요합니다.

16화 들었다 놨다해

다 해줬는데 뭐가
맘에 안 드는데?

으앙~

으앵

너란 사람 참 밉다.

자고 일어나면 밥 먹이고
또 밖에 나가야 하겠지?

난 하루 24시간 온통
네 생각 뿐인데

네게 모든 걸 맞추는데

넌 항상
네 생각 뿐이다.

이런 네 모습에
화를 내도
(가끔 꾸미는 날 빼곤
안경을 쓰고 있습니다.)

안절부절 못하고 있는 건
나 뿐이고

화냈다가 풀었다가
혼자 가슴앓이를 하다가

네가 아무일 없었다는 듯이
웃으면 나도 모르게
웃음이 나오고

너무 지쳐

그만두고 싶을 땐

내 맘을 녹여 버리는 애교에

또 다시 넘어가고

네가 먼저 나를 찾고
귀찮게 했었는데

어느 틈에 내 마음이
네게 더 빠져버렸나 싶다.

너랑 똑같은 사람 만나
고생해보란 말
우습게 생각했었는데

내가 당해보니 (벌써) 힘들다.
내 정신을 쏙 빼놓는 네 밀당에 지치지만

네가 먼저 내 손을
잡아 줄 때면

이 힘든 사랑의 의미를
알 것 같기도 하다.

네 품에 기대어
한숨 돌릴 때면

생각보다 큰 네 품에서
고된 일상을 위로 받는다.

네 작은 손이 내 등을
토닥여 줄 때면

말로는 다 못한
너의 사랑이
전해지는 것 같다.

어쩌면 너만 내게 기대는 건 아니란 생각이 든다.

"나도 사랑받고 있었습니다"

울어대기만 하던 네가 귀찮을 때도 있고
네가 우는 이유보다 내가 힘든 게 먼저였던 부족한 엄마인데
고사리 같은 네 손이 나를 토닥이는 건
아직 말로 하지 못하는 너의 사랑을
내게 전해주고 싶은 거라고,

사랑을 주느라 힘들다 툴툴대는 초보 엄마에게
엄마도 사랑받는다 말하는 거라고,
엄마도 지금 행복하라고
말하는 것 같습니다.

17화 누구를 위한 삶인가

낼이 시험인데
벌써 두시!

몸이 두 개라면
잠 좀 잘텐데...

나는 내 몸이 두 개였으면
좋겠다고 바란 적이 많다.

딱 두 개만
더 씻자

그 바람이 이런 식으로
이루어 질 줄을 몰랐다...

엄마앙

엄마

몸이 두 개가 되면
내가 주인 노릇을
할 줄 알았는데,

반대의 상황이 될 수도 있단 건
생각하지 못했다.

따봉이가 나를 엄마가 아니라
자기 몸의 일부라고
생각하는 것 같은 요즘

내 별명은 껍데기이고

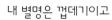

따봉이 별명은
껌딱지이다.

따봉이가 눈을 떠서 잠들 때까지
가장 많이 듣는 말은
'엄마'이고

뒤돌아 세 걸음 걷기도 전에
애타게 나를 찾고

옆에 있어도 딴짓을 하면
가만히 두질 않으니

도대체 하루가
어떻게 지나가는지
정신이 하나도 없다.

나를 달달 볶는 네 투정에 지쳐
나도 모르게 큰 소리를 치고

울다 잠든 네 모습이
안쓰럽고 미안해서
이번엔 잘해보리 다짐해봐도

생각보다 일찍 깬 너를 안으며
아쉬움 가득한 표정은
숨겨지질 않고

또다시 너와 씨름하다
화를 내고 마는 내 모습에

괜시리 육아 서적을 뒤적이며
이 상황을 벗어 날
방법을 찾고 있다.

네 사랑이 내게는 과분한 걸까,
나는 왜 지금 이 순간의
행복함을 모르는 걸까...

숨막히는 상황에
자책까지 더해지니
이 답답한 마음을
어찌 풀어야 할지 모르겠다.

그저 누군가 알아줬으면
좋겠다는 생각이 든다.

내가 나로 지내지 못했기에 힘든 거라고
외롭고 힘들 땐 그럴 수도 있는 거라고
항상 웃어주지 못해도,
가끔 화를 내도 괜찮다고.

"엄마도 사람이니까"

나를 향해 예쁘게 웃는 네게는
내가 세상 전부일 텐데
나는 왜 화를 내고,
힘들단 생각만 들까.

내 품에 꼭 안겨 나를 꽈악 안아 주는 네가
사랑스러우면서도
나를 꼭 안은 네 손에 숨 막혀 하는
모순투성이 내 모습이 싫다.

"그래, 나도 사람이다.
네가 사랑스럽지만 내가 힘든 건 어쩔 수 없다."

이렇게 쓸데없는 죄책감을 덜고 나니
조금은, 숨통이 트이는 것 같다.

18화 조금 늦으면 어때

나는 결정장애를
가지고 있다.

그래도 그동안
결정을 미루기도 하고

결정을 잘못해도
내가 그에 대한
대가를 치르면 됐는데

따봉이를 낳고 나니
결정할 일은 너무 많은데다
고민 할 시간은 없고

내 잘못된 결정으로
말 못하는 아이가 잘못될까봐
부담이 컸다.

그래서 어느샌가
육아 서적(+ 소아과 선생님)에
의존하고 있었다.

왜 모방은 안하지?

9개월 아기 발달
잡고 일어선다 O
'안돼'를 이해한다 O
짝짜꿍을 할 수 있다 X

짝짜꿍 짝짜꿍

10번째...
한 번만 해줘ㅠ

그간 육아 서적의
"평균 발달 사항"을 다달이 살피며
따봉이가 하나라도 뒤쳐지면
온갖 걱정을 했었는데...

지금 돌이켜 보면 생긴 것도,
성격도 다른 아기들이
책 속의 '평균'과
똑같을 수 없듯이

노래하는 애

아ㅡ아ㅡ

우는 애

다 밟고
다니는 애

바퀴돌리는 애

따봉이는 따봉이만의 속도로
잘 자라고 있었다는
생각이 든다.

신생아 때
모유수유를 하겠다며

갓 태어난 아기를 4시간
넘게 굶기며 울렸는데

한 달쯤 지나고 따봉이가
빠는 힘이 늘어나자
모유수유를
할 수 있게 되었다.

6개월쯤엔 수면 교육을
시작해야 한다는 글을 읽고
수면 교육을 시도했다 실패했고

덕분에 잘 자다가도 밤 11시만 되면
(수면교육 시작 시간)
서럽게 우는 습관이 생겼었다.

오히려 몇 달 후에
적당히 우는 선에서 시도를 하니
훨씬 수월하게 수면 교육을 할 수 있었다.

얼마 전엔 빈 젖병 빠는 버릇을
고치기 위해 억지로 젖병을
뺏어 울리곤 했었는데

빈 병 빨지마!
내놔!

이잉-!

아구, 잘했네!

다 먹었으니까
엄마 주세요~

잘했어!
수친!

다 먹은 젖병을 줄 때까지 기다리고
젖병을 줬을 때 크게 칭찬을 해주니
쉽게 고칠 수 있었다.

엄마!

엄마가
잡아줄게

난 그저 네가 도움이
필요한 순간에
네 손을 잡아 주면 되는 것인데

네가 손을 내밀기도 전에
내가 먼저 네 손을 잡고 질질 끌고
다닌 것 같단 생각이 든다.

9개월 땐 수면 교육하고
돌 되면 분유 끊고…

조금 기다리면
갈건데…

질질

이젠 너랑 눈도 마주치고,
네 시선이 머무는 곳을 함께 바라보면서
천천히 걸어볼게.

"네 속도에 맞춰서"

내가 엄마라는 생각에,
어디 하나 문제없이 키워야 한다는 생각에
남들이 정한 기준에 널 맞춰야
내 맘이 편해졌던 것 같다.

너는 너만의 속도로 잘 자라고 있는데
나 혼자 무엇이 그리 급하고
무엇이 그리 불안했던 걸까?

조금 늦어도 상관없으니
우리 천천히 걷자.
네 걸음에 맞춰서.

19화 명화극장

따봉이 출산 이후
나는 매일 영화를 찍고 있다.

이 손은 5분에 걸쳐
서서히 떼야 한다!

장르를 따져 보자면
미션을 수행하는
액션이지 않을까 싶다.

내가 영화 속 특수 요원이
된 것 같다는 생각은

침착해!
난 해낼 수 있어!

띵동!

삐이익~
(주전자 물 끓음)

응가가
매우 급함

으아아앙!

따봉이가 걷기 시작한 이후로
더 많이 든다.

내 인생 최고의
순발력을 갖게 되고

우리 며느리…
왕년에 운동 좀 했니?

이 정도는
껌이죠!

작은 방에서 책을
꺼내고 놀고 있군!

바스락

오감이 발달해 소리만으로도
네가 뭘 하는지 알 수 있고
(너무 믿다간 큰코 다칩니다.)

극한의 상황을 이겨내는
강한 정신력으로
너를 지키고 있다.

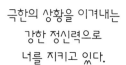

가!

실수투성이
초보 요원이지만

온 몸에 힘이 없어 쓰러져
있다가도

네가 필요할 때면
언제든 다시 일어나는 나는

너에게 만큼 세상에서
가장 멋진 영웅임에
틀림 없다.

지금은 내가 네 하나뿐인
단짝이지만

알았어~
엄마랑 같이 타자.

시간이 지나면
단짝 자리를 내주게 될 것이고

내 자리였는데···

항상 나와 손잡고
걸으려 하던 이 길도

언젠간 너 혼자
걸으려 할 것이다.

힘들다가도
네가 내 품에 안겨
얼굴을 파묻을 때면

오직 나만을 향한 사랑에
내심 어깨가 으쓱할 때면

아빠도 한번만
안아 보자.

지금은 좀 힘들어도
네가 자연스레 나를 떠나는
그때가 조금 늦게 왔으면 한다.

내가 네 인생의
전부로 살 수 있는 건
지금 뿐일 테니까!

"너와 내가 얼굴을 가장
오래 마주 볼 수 있는 시간은
지금이다"

내가 힘들단 사실에 깨닫지 못한,
너무도 당연해서 생각지 못한 사실.

요즘 문득 네가 많이 컸다는 생각이 들면서
이제야 이 시간이 얼마 남지 않았음을,
힘든 만큼 눈물 나게 행복한 순간임을 깨닫는다.

20화 하얗게 불태웠어

아이들의 머릿속은
아무도 밟지 않은 눈길 같아서

예상치 못한 행동으로
우리를 당황시킬 때가 많다.

돌 아기
장난감

우리 아가가
너무 좋아해...

장난감의 경우도 그렇다.
재미있게 가지고 노는 모습을
상상하고 사도

흥미를 끄는 것은
장난감 박스인 경우가 많다.

아~ 이쁘다.
엄만 이렇게 안아야지!

매번 박스를 재밌게
가지고 놀기에

정성스레
박스를 포장해 보았지만

이번엔
반짝 흥미에 속지 않으리
다짐해봐도

신나게 노는
네 모습에 일을 저지르지만

으아앙~
엄마 애벌레다!

번번히 실패할 뿐이다.
(잘 가지고 노는 아가들도 많아요.)

이쯤 되면 창피하다
못해 안쓰럽다···

초보 엄마는
어리석고 같은 실수를 반복한다.
('그냥 니가 어리석은 거야.'
feat. 따봉아빠)

이게 뭐 하는 것인지··

음··· 이건 하루에
20분씩은 놀겠지!?

이제는 장난감을 사기 전에
신중히 결과를
예측해 보곤 하는데

덕분에 신중히 고민도 하고
실패도 하게 되었다.

따봉이꺼 스마트폰
여기 있네~

이게 더
재미써

2분짜리

정말이지 네 속을 알 수가 없어
약이 오르지만 그래도
내가 맞춰 드려야지
뭐 별 수 있나...

부엌 살림살이가
더 재밌지...

따뽕 일기

말아써
멍멍 한 번 해줄게

엄마는		오늘도		새	장난감을	
가지고		논다				
신나	보여서		같이	놀아줬다.		

따뵹 일기

나 15껄인데 무근 낮서야

엄	만		크	면	서		노	는		법	을	
잊	었	나		보	다					

따뵹 일기

짠~

엄	마	랑		놀	아		주	느	라			
오	늘		하	루	도		하	얗	게		불	태	웠	다

따뽕 일기

맞	춰	주	기		힘	들	지	만		괜	찮	다	.
내	가		가	르	쳐		주	면		되	니	까	.

"어느 순간부터
너와 함께 꾸밈없이 웃게 되었다"

오랜만에 타보는 미끄럼틀
어느 순간 보이지 않던 개미들

흙의 질감이 어땠는지 새삼 느끼고
길바닥 어디든 앉으면 내 자리가 되는 하루

네 덕에 모든 걸 잊고
지금 이 순간을
기쁘게 보내는 법을 다시 배우고 있다.

21화 그렇게 기다린 그날

따봉이 신생아 시절,
혼자 벽에 대고 말하는 듯한
하루는 많이 외로웠다.

외로움을 달래려
춤도 춰보고

조용한 집을
TV소리로 채워도 보고

혼자가 아니라고
수십 번 되뇌던 내가

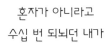

요즘은 말이 통하는 누군가와
하루를 보내는 것 같다.

나를 종종 따라다니며
따라 하던 네 행동에

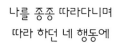

점점 디테일이
추가되더니

어느 순간 네 의사를
표현하게 되었는데

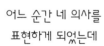

따봉이가 깼나?
방에서 소리가···

짝 짝-

오예?

짝?

조그마한 게
사람 흉내 내는 것 같아
귀엽기만 하다.

푸하

밀어나서
기지개 펴고 있어ㅋㅋㅋㅋ

기저귀만 갈면
발버둥을 치던 네가

잠깐만
기다려봐~

이잉~!

'기저귀 갈자'란 말에
알아서 누웠던 그날

배고파서 우는지
졸려서 우는지
무조건 울기만 하던 네가

맘마를 외치고
가만히 기다렸던 그날

잠투정이 심해 졸리면
심하게 울던 네가

'코~' 말하고
이불에 가서
스스로 누운 그날

오랫동안 홀로 외치던 내 말에
드디어 대답을 들은 것 같아서

가슴 가득 차오르는
벅찬 감정 때문에

눈물이 날 것 같아서
웃어 버리고 말았다.

이렇게 웃어 넘기는 일들이
많은 요즘
어릴 적 아빠와 배드민턴을
처음 치던 날이 생각 난다.

하나도 재미없는데
혼자 들떠 있던 아빠가 이상해서
내 기억에 진하게 남은 그 날은

내가 이렇게 조그마한 때부터
아빠가 미소를 품으며 기다려 온 그 날이었다.

"앞으로도 난 항상
널 기다리겠지"

기다리는 건 지루하고 견디기 힘든 일이었는데
네가 뒤집을 때까지
아장아장 걷기 시작할 때까지
하나씩 사람 흉내를 낼 때까지

네가 조금씩 자라는 과정을 지켜보고
그 다음을 기다리는 순간들이 너무 아름답고 소중해서
너와 있던 일을 몇 번씩 되새기게 되었다.

기다리는 일마저
행복하게 만들어준
네가 고맙다.

22화 엄마의 자격

난 부족한 게 많은 사람이다.

덜렁거리다 물건을 잃어버리는 건 일상이고.

뭘 잃어버렸는지
모를 때가 많고,

(인생의 쓴맛을 처음 맛본 그날)

다급한 상황에선 침착하면
간단히 해낼 일도

두 정거장 남았다.
그 안에 분유를 타야 한다.

긴장한 탓에
실수를 남발한다.

엄마가 되면 꼼꼼해지고
저절로 모성애가 생길 줄 알았는데
그건 아니었다.

여전히 덜렁대다가
실수하는 건 일상이고

힘들 땐 나도 모르게
네게 화를 내는데다

아직도 너보단 나를 먼저
생각할 때가 많다.

결혼 후 추운 겨울을
보내게 된 2인

이렇게 무엇 하나 제대로 하지 못한
하루가 지난 뒤엔, 나 때문에
아이가 고생한다는 죄책감이
나를 짓누른다.

어릴 적과 다를 게 없는 내 모습과
엄마라는 역할 사이에서
방황하는 날에는

곤히 잠든 네 옆에 누워서
손을 잡고 가만히
볼을 만져 본다.

내가 어떤 사람이든
이 아이는 나를 엄마란 이유로
사랑해준다.

난 대단한 사람이 아니지만
이 아이가 원하는 사랑을
줄 수 있는 사람이다.
그거면 된거다.

너와 발을 맞춰
천천히 걷는 법을 배우고

밤에 자다 깨면
네 옷 매무새부터 다듬고

땡볕 아래 노는 네게
그림자를 만들어 주면서
하나씩 너를 살피다 보면
나도 엄마가 되어 있겠지.

불안할 것도, 죄책감도 가질 것도 없다.
아이도, 나도 아직 자라는 중이니까.

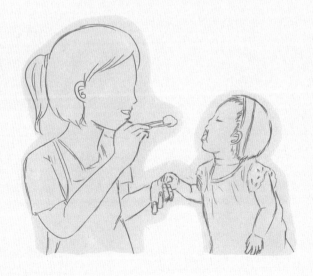

"이대로 어른이 되는 건가?"

돈을 벌기 시작한 후 항상 들던 생각이다.
이렇게 허무하게 어른이 되는 건가?
뭔가 부족하다 싶었다.

너를 만난 후
내 모습을 하나하나 되돌아보면서
이제야 어른이 되고 있다는 생각이 든다.

너는 아이로
나는 엄마로 자라느라
우린 둘 다 성장통을 겪는 중이다.

♥위로가 필요해

뭘 해도 풀리지 않는 답답한 마음에

사소한 일에도 금세 눈물이 맺히고

예전에는 아무렇지 않을 말에도

짜증이란 짜증은 다 내며 예민하게
반응하고

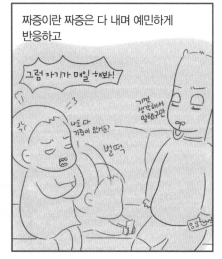

불만투성이에 짜증만 느는 내 모습이
나도 어색해요.

이렇게 변해버린 나를 받아주기
힘들겠죠.

당신도 힘들 테니까…

그런데 지치고 외롭고 힘든 이 감정을
혼자 끌어안기에 버거운 날이 있어요.

가끔씩 아이의 울음소리에 질려
한숨 돌리고 싶을 땐

혼자 숨어버릴 곳조차 없는 내 처지가
안쓰러워 더 눈물이 나요.

친구를 만나 한바탕 수다를
떨어보기도 하고

오랜만에 밖에서 술 한잔 해봐도

잠깐일 뿐이에요.

여전히 풀리지 않는 갈증은 또다시 나를
답답하게 만들어요.

지금 내겐 아이의 투정을 받아줄 마음의
여유가, 한심한 나를 다독여줄 누군가가
필요해요.

짜증 내는 내 모습을 보고 많이
힘들었구나, 손 잡아주는

눈물 흘리는 내 모습을 보고
이미 잘하고 있다고 격려해주는

당신의 따뜻한 위로가 필요해요.
우린 강한 엄마, 멋진 아빠가 되기 이전에

남은 생을 서로 의지하고 사랑하기
위해서 함께 하기로 했잖아요.

아이가 전부인 일상이 고된 내게
당신의 어깨를 잠시 빌려 주세요.
아이 엄마가 아닌, 당신의 아내를 위해서

"당신이 아니면
누가 내 맘을 알아줄까요"

바로 옆에 있는 당신인데
기대기엔 왜 이리 먼 것 같을까요.

하루에도 수십 번 기분이 오락가락
나조차도 감당이 안 돼 힘든데
이런 한심한 내 모습에 실망할까
힘들단 말을 아끼고 아껴요.

지친 당신의 어깨에
어린 내 투정을 잠시 얹어도 될까요.
당신이 힘들 땐
내가 어깨를 내어 줄게요.

4장

오늘도 극한육아

밖에 한번 나가려면 온 집을 뛰어다녀야 해도,
하얀 옷에 귤을 쥐어짜 흘려도,
방금 정리한 반찬 통 죄다 끄집어내도,
참깨 통 뚜껑 열어 바닥에 정성스레 뿌려도
오늘 하루도 잘 참아낼 수 있다….

23화 엄마의 휴일

너무 답답하고 힘들어서
징징거리기만 했다.

몸조리 때문에,
아이가 어려 겁이 나서
6개월 간 집 주변을
벗어나질 못했다.

봄이구나

날씨 좋다

이번 주말에 시간 돼?

아직 애기가 어려서 담에보자 ^^

가긴 어딜가...

잠시라도 쉬고 싶었지만 그렇다고 너를 떠나 있을 엄두는 나지 않았다.

내가 없으면 놀라서 울고만 있을 네 생각에 쉽사리 발이 떨어지지 않았다.

??

으앵~

으아앙

이젠 아빠도 못 안네...

하지만 점점 더 예민해지는
내 모습에 용기를 내
나만의 시간을 가져보았다.

집 밖을 나서는 그 순간부터
입가에 미소가 번진다.

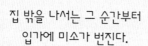

오랜만에 이어폰을 꽂고
노래를 들으며
거리를 걸어본다.

아끼는 옷을 겨우 끼워 입고
백팩이 아닌 크로스백을 매고
약속 장소로 향한다.

오랜만에 보는 얼굴들이
반갑기만 하다.

하지만 그 순간에도
핸드폰을 놓질 못한다.

왜 답이 없지?
전화는 왜 안 받지?
한참 울고 있나?
밥은 먹고 우는걸까?
너무 울어서 폰도 못보나?

지금쯤 너는
분유를 먹어야 할 때인데
잘 먹었을까...

멍一

나를 애타게 찾느라
울다 지쳤을까...

으애앵

으아아앙

어어엉

엄마가 나를 두고 가버렸단
생각에 놀랐을까...

그 시각
아빠와 따봉이

꽃구경 中

왜 답이 없지?

온갖 생각에 자꾸
핸드폰을 확인한다.

잠시만이라도
혼자이고 싶다.

너와 그렇게
떨어지고 싶었는데

화장대 위에
예물을 꺼내두고
현관문 열어두고
나온 기분이야

나 먼저 가볼게.

벌써?

막상 떨어지고 보니
네가 너무 보고 싶어서

오랜만인데
더 있다가 가.

약속 시간보다 조금 일찍
집으로 발걸음을 옮긴다.

전철 승강장마저
설렌다

나를 보자마자 서럽게 우는
너를 보니 일찍 오길
잘 한 것 같다.

잘 놀더니 엄마
보자마자 우네.

이잉

으앵

남편 ···▶ 어머니
바통터치

따붙아~

너를 두고 신나게
놀다 온 게 미안해서 일까?
너를 내 품에 꼬옥 안은 후에야
마음이 놓인다.

그 짧은 새에 네 얼굴이 새롭고
예뻐 보여서 네 눈, 코, 입 모두를
하나 하나 뜯어 본다.

"아직은 너도, 나도
서로의 품이 마음에 놓인다"

아이를 두고 나가면 나쁜 엄마란 생각에
힘겨워하면서도 너와 떨어지지 못하던,
집 밖으로 쉽게 벗어나지 못하던 그때

잠시 한숨 돌리고 나니
듣기 싫던 울음소리의 의미를,
익숙해져 잊었던 네 예쁜 눈망울을,
내 품에 쏙 안겨 있는 너를 볼 때의 행복을
새삼 느낄 수 있었다.

24화 친정 가는 날

엄마가 된 후론
친정 가는 길마저 포근하다.
따봉이 손을 잡고 변함없는
할머니 댁 대문을 열면

어릴 적 내 기억들을
마주하게 된다.

내가 제일 좋아하던
핫도그를 뺏어 먹고는

세상을 다 가진 듯한
표정을 짓던 아빠 얼굴

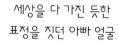

지루한 할머니 댁에서
투덜거리던 내게

엄마가 가르쳐 주던
흙장난

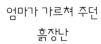

처음으로 계단을
혼자 내려갈 수 있게

나를 응원해 주던
아빠의 목소리

언제나 내 차지였던
할아버지의 오토바이 앞자리

손 큰 할머니 덕에
집안 곳곳에 쌓였던
명절 음식

할머니, 뭘 또 해요?

부꾸미떡 조금

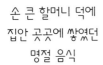

반죽은
조금이 아닌데...

작은 아빠의 잔소리를 들으며
빚던 송편

제사 전날 밤,
몰래 꺼내 먹던 동그랑땡

오랜만에 만난 동생들과
노는 게 재미있어서

밤새 놀 궁리를 하느라
바빴던 철없는 개구쟁이

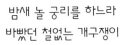

명절 분위기에 휩쓸려
어릴 적 기억을 떠올리다 보면

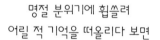

당연하고 특별할 것 없던
그날들이 그립고,
반가운 얼굴들이 떠올라
마음이 설렌다.

내가 기억하지 못하는,
내 어릴 적 모습을 아는
이들 앞에선

잠시 철없는 어린아이처럼
행동할 수 있다.

엄마의 무게를
잠시 내려놓을 수 있는
오늘은, 친정에 가는 날이다.

25화 철 없는 이유

세상만사 걱정 따위 없던
코찔찔이 시절을 거쳐

세상 모든 일들을
고민하고 걱정하던

질풍노도(중2병)의
시기를 지나

잠시 어른 행세를
하고 있던 나는

엄마 타야지!

이이잉~

다시 어린아이가
되고 있다.

처음엔 너를 안고
쳐다보는게 전부였는데

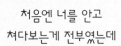

...

사소한 소리에 까르륵
웃는 네 모습을 본 그날

너무 순수하고 예쁜 그 웃음이
다시 보고 싶어서

까르륵

체면을 모두 내려 놓고
널 웃기기 시작했다.

내 노래에 조금씩
엉덩이를 흔드는 네가
너무 귀여워서

혼자 신이 나서
노래를 부르기 시작했다.

애교랑은 거리가 먼
성격이었는데

너와 이야기할 때면
혓바닥이 없어져 버린다.

어느 순간부터
너와 단둘이 있을 때에는

부끄러움도 잊고
세상에서 제일 유치한 사람이 된다.

이런 내 모습에 네가 가끔
창피해 하는 것 같지만

어느 순간
내가 재롱을 떨고

너는 그 모습을 즐기는 것 같지만
(1분간 재롱떠는 내 모습만 찍힘...)

내 안의 어린아이에게 웃음짓는
네가 있어서 난 오늘도 즐겁다.

너와 단둘이 있을 땐
내 모습이 어떨까
내 행동이 부끄러울까
고민하는 것을 잊는다.

오직 네 웃음에만 집중하게 된다.

26화 힘내 열무맘

항상 유쾌하고
씩씩한 열무엄마

몹시 힘든 일도
잘 이겨내고

(※자연주의 분만 : 출산 시 촉진제나
무통주사를 맞지 않고, 출산 후엔 엄마 품에
30분간 안겨주는 출산 방식)

어떠한 상황에서도
긍정적인 마음을 잃지 않는

긍정왕이대!

출산_후_6개월
내인생 # 최고반전
무통이 # 소용없었다.

엄마를 닮아서일까
열무는 신생아 시절부터
순둥이였다.

떼 한 번 안쓰고
혼자 잘 놀고

*열무엄마가 정말 급했던 날
(아기를 두고 나가면 안 됩니다.)

유모차도
얌전히 타고 있고

심지어 단유도 때가 되니
알아서 했다.

모범생(?) 열무 덕에
주위 엄마들의 부러움을 사던

열무엄마는 요즘
하루에 수십 번
심호흡을 한다.

갖고 싶을 걸 보면
지칠 때까지 사달라고
징징거리고

유모차도 안 탄다고
온갖 떼를 쓰는데

그렇다고
내려 놓기만 하면

바닥과 하나가
되어 버린다.

장난기 가득한 얼굴을 보면
엄마를 살살 간 보는 것 같아
약이 오르지만

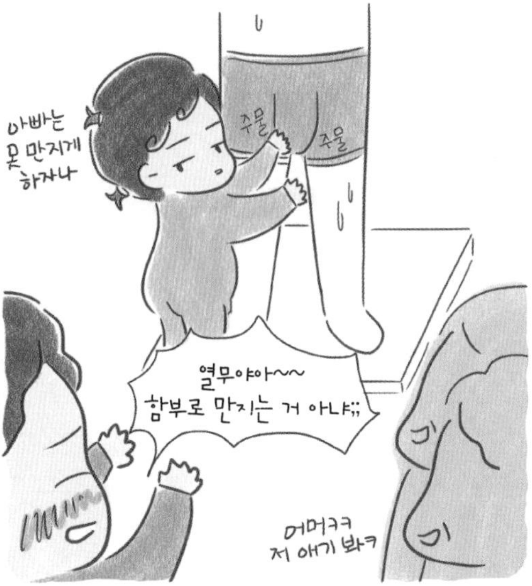

말썽을 피워도 웃음을 자아내는
네 깜찍한 행동

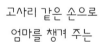

고사리 같은 손으로
엄마를 챙겨 주는

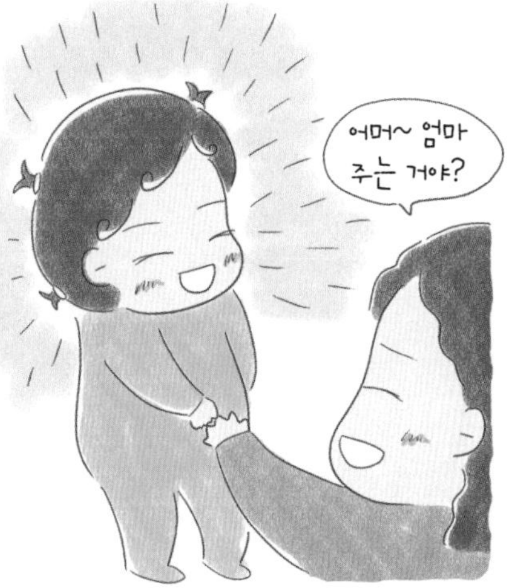

네 예쁜 마음

남들은 유치하다며
넘기는 내 농담에도

정성껏 반응해주는
네 덕에

오늘도 한바탕 웃는다.

너를 낳은 이후로
눈물도 많이 흘렸고
화도 많이 났었고
힘들단 생각이 가득하지만

생각해보면
너를 낳기 전보다
더 많이 웃고
더 많이 사랑하고
더 행복한 하루를 보내고 있다.

27화 여우소굴

애교와 장난기가 점점 늘고 있는 따봉이는
요즘 아빠의 애간장을 태우고 있다.

이런 따봉이의
마음을 얻기 위해서

열심히 머리를
굴려대는 남편은

점점 여우가
되어가는 것 같다.

전문가인 양 육아에 대해서
온갖 아는 척을 하다가도

곤란할 때면
아무 것도 모르는 듯한
표정을 짓고

엄마바라기가
아빠 자리를 내어줄 땐
기뻐하더니

그렇게 원하던 사랑은
생각보다 감당하기 힘들었는지

다음날 아침

잠든 틈에 숨겨둠

빠방~

빠방~

인간아...

어설프게 잔머리를
굴리다 걸리고

가족과 오붓한
저녁을 보내고 싶은
나의 순수한 의도도

자기~

오늘 일찍와^^

아기아빠의
촉

너무
다정해

몹시
수상하다

일단 의심!

··· 왜?

안 넘어오네···

따봉이가
아빠보고 싶대^^

일단 의심부터 하고
볼 때가 많고

남자는 30넘으면
여우라더니···

너저분

빗~

집 치우면 갈게 ^^

어딜

세뇌 시키냐~

아빠 보고
싶었지?

아빠랑
할까?

아빠?

오랜만에 아빠랑
놓고 싶어하는 아이를

사이좋게 놀아!

내껀데!

안 줄껀데

쪼!

10분을 못 참고
약올리고 울려서

결국 엄마 품으로
돌아오도록 만들고

도움이 필요할 때에는
열심히 모르는 척하다가

꼭 절묘한 순간에
도움의 손길(?)을
내밀곤 한다.

따봉아,
아빠 배~~

이따 아빠한테
보여주자.

각자의 자리에서
열심히 머리를 굴리며

이거로
한 방
먹여야지
ㅋㅋ

뿌~

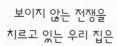

보이지 않는 전쟁을
치르고 있는 우리 집은

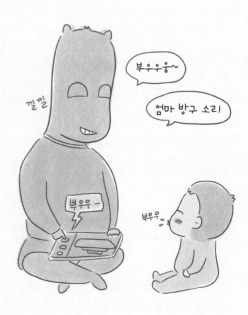

부우우웅~

엄마 방구 소리

낄낄

뿌우우~

뿌우우~

점점 여우 소굴이 되어가고 있다.

"이렇게
변해가나 봅니다"

알콩달콩 설렘 속에 밀당하던
연애 시절과는 달리
서로의 휴식을 건 머리싸움은
얄밉고 짜증 날 때가 많습니다.

이렇게 지지고 볶을 때면
연애 시절 부드럽고 다정했던 남편의 모습이
살짝 그립지만
밤이면 함께 소파에 앉아
일과를 나눌 누군가가 있다는 것이,
알 수 없는 내일을
함께 고민할 누군가가 있다는 것이
큰 행복인 것 같습니다.

인생의 동반자로 변해가는
우리의 모습도 멀리서 보면 아름다울 테지요.

28화 지피지기면 백전불태

오늘도 전쟁같은
하루가 시작되었다.

날이 갈수록
영악해지는 녀석을
상대하기 위해서는

그럼 그렇지···

엄마아아 —

내가 처한 상황을
재빨리 파악하고

매순간 적절한 전략을
사용해야 한다.

짜잔 —

1시간 전에 정리한
따끈한 반찬통입니다.

어머 웬 애기들♥

欲擒姑縱
욕금고종

큰 이득(?)을 위해
작은 것을 내어준다.

때로는 경계심을
늦추는 수법도 요긴하다.

또
딴짓하려구!

빨래 좀 널자

조용히 상황을 지켜보다가
녀석이 빈 틈을 보일 때

생각지 못한 말과 행동으로
일거에 상황을
뒤집을 수 있다.

假癡不癲
가치부전

어리석은 척
상황을 모면한다.

단, 미치지는 말아라.

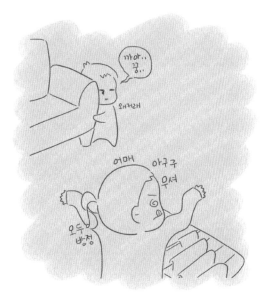

승산이 없어 보이는
적을 만났을 때에는

누구보다도 빠르고
신속한 후퇴가 최선이다.

走爲上
주위상(삼십육계 줄행랑)

도망치는 것이 상책

마음을 사로잡아 목적을
이루는 것도 좋은 방법이다.

美人計
미인계

미인(?)을 이용하여
적을 대하다

로로계

쓰면 안되는 걸 알면서
쓰게 되는 수법

또 도망..

공원이다!

난처할 땐 무모하게
싸움을 시작하지 말고

계획을 세워서
결실을 이루는 것이 좋다.

하지만 넌 나없인
1분도 못버티지!

후후

서로의 약점과 강점에
대해서 충분히 알면

싸우지 않아도
적절한 계략으로
승리를 이끌 수 있다.

知彼知己 百戰不殆
지피지기 백전불태

나를 알고 적을 알면 백 번을
싸우더라도 위태롭지 않다.

29화 멈춰선 시간의 의미

출산의 고통과
잊지 못할 감동도

작디작은 너를 품에
처음 안았을 때의 감격도

눈 코 입 하나하나 예쁜
네 얼굴도 잠깐이었다.

입에서 수없이 내뱉었던
'엄마'란 말은

그 의미에 대해서
생각해보지 않았던 내가
감당하기엔 어려운 말이었다.

잠시도
눈을 뗄 수 없게 만드는
'아기'라는 존재는

울 엄마 이후로
네가 첨이야

끄응--

까악!

내가 생각한 것 이상으로
내 삶의 전부가 되었다.

잠든 너를 품에 안고
인터넷으로 살펴보는
바깥 세상은 나를 더욱
외롭게 만들었다.

밖은 정말 많은 일들로
하루가 바삐 지나가는데

내 주위의 시간만
적막하게 멈춘 것 같았다.

경력 단절
아기 엄마
취업난

이대로 계속 시간이 흐를수록
나는 점점 더 아무것도
할 수 없는 사람이
될 것 같았다.

멍—

나는 밥을 주기 위해
태어난 사람인가...

이러려고
엄마 됐나
자괴감 들어...

내 존재가 네게 묻혀
사라질 것만 같았다.

멈춰선 시간 속에서
이러지도 저러지도 못하고
발버둥 치다가

모든 것을 내려 놓고
너를 안았던 그때

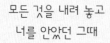

그래도
어쩌겠어
내가
네 엄마인걸

예쁜 옷도 화장도 직업도
가식도 다 내려놓은 나는
이런 사람이었지
이런 성격이었지

오랜 시간 포장하기에 바빠
잊고 지내던
내 민낯을 마주했다.

아련~

어릴 적에 엄마랑
그런 일도 있었지

어렴풋이 떠오르는
어릴 적 추억 속에 웃음짓고 있는
나를 보았다.

바쁘다는 이유로 잊고 있던
'나'에 대해 생각하게 되었다.

그때서야 어렴풋이 알게 되었다.
나를 전부 잃게 만드는 것
같았던 이 시간은

나를 돌아보는 시간이었음을.

"멈추면, 비로소 보이는 것들"

나를 바라보는 네 밝은 눈망울
엄마의 관심을 바라는 네 몸짓
나의 사소한 한마디 말에 짓는 함박웃음

출산 후의 삶은 전과 너무도 달라서
엄마라는 이유로 포기해야 할 것도
엄마이기에 요구되는 것도 많았습니다.

갑작스러운 변화를 받아들이지 못하고
발버둥 칠수록 더 힘들어지기만 했습니다.
그때 제게 큰 위안이 되었던 말은
"삶의 모습이 변한 것이다."란 말이었습니다.

그제야 아무 의미가 없어 보이던 이 시간이
감사하게 느껴졌습니다.
하루에도 수십 번 내가 어떤 사람인지 돌아보고
어릴 적 받았던 사랑을 다시 한 번 느껴보고
두 번은 없을 아이와의 시간을 되새기게 되었습니다.

지금은 잠시 멈춰서
나를 돌아보는 시간인가 봅니다.

30화 새해엔

두 번째 해가 넘어갑니다.

다이어리의 첫 장만 쓰고
연말에 펼쳐보는 게으른 성격이지만
연말엔 새해 계획들을
적어보곤 했었는데

아이를 낳은 첫해엔
12월 31일이 여느 날과
다를 것 없이 버티기
벅찬 하루일 뿐이었습니다.

크리스마스 트리를 꾸미고,
연말 분위기에 젖는 것을 보면
그래도 올해는 작년보다 많이
나아진 것 같습니다.

걷기 시작하니
가만 있지를 않는구나

커피 한 잔 마실 여유가 없어
에스프레소를 마시고

그마저도 어려워 그냥
커피 알을 먹을까
고민도 했지만

커피 마실 틈도
없구만

이제는 커피 한 잔에 티라미수를
먹을 정도의 여유가 생겼습니다.

물론 반쪽자리
여유지만...

이렇게 이쁜 아가가
금세 악마로
변한단 말이지

그러고 보면 그새 참 많이
큰 것 같습니다.

아이가 내 목을 끌어
꼬옥 안으며 뽀뽀할 때

안아!

안아!

벌써 이러면
나중엔 어쩌지?

흐읍!!

아이를 안아 올리기 전에
숨을 크게 들이마실 때

우리 아가 등이
언제 이렇게
넓어졌나?

안아서 등을 토닥거리다
생각보다 등이 넓어서 놀랄 때
새삼 그런 생각이 듭니다.

이제는 엄마 손도 놓고
원하는 곳으로
씩씩하게 걸어가고

신고 싶은 신발을
직접 고르기도 하고

곰돌이 밥을
챙겨 먹이기도 하고

외출하는 엄마에게
밝게 인사도 합니다.

매일 힘들단 말을
입에 달고 살았지만,

기적 같았던 하루하루를
돌아보는 것만으로도
입가에 미소가 떠오릅니다.

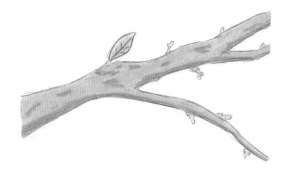

어쩌면 나뭇잎 하나가
돋아나기까지도
많은 사연이 있었을지 모릅니다.

하지만 그 잎새가
나무에 돋아난 수많은
잎새 중 하나인 것 처럼

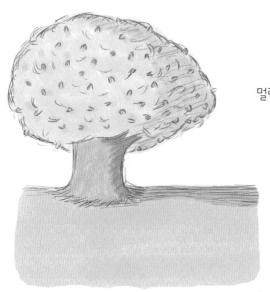

멀리서 보면 많은 일들을 이겨내고
무성한 잎을 피워낸 나무가
푸르고 아름다운 것처럼

지금 우리도 아름다운
시간 속에서 방황하고
있다는 생각이 듭니다.

신발 신자!

에르에르~

=3

=3

한 해동안 지친 마음은 내려놓고,
새해엔 아이와 내 모습을 더 멀리서
바라보기를 바랍니다.

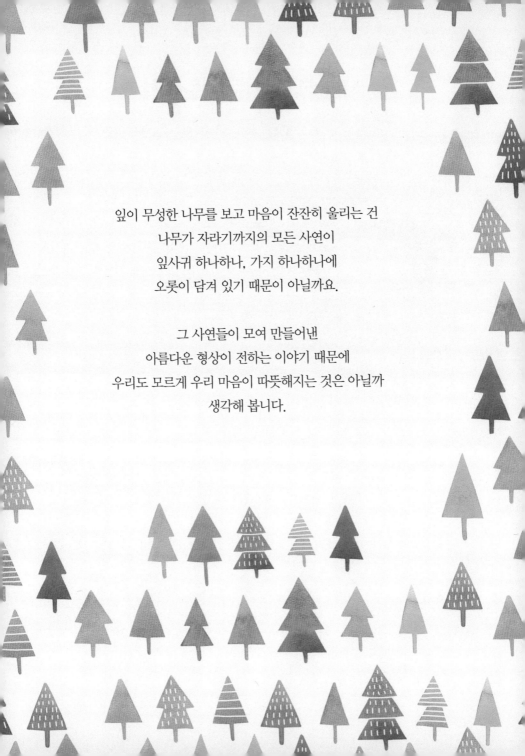

잎이 무성한 나무를 보고 마음이 잔잔히 울리는 건
나무가 자라기까지의 모든 사연이
잎사귀 하나하나, 가지 하나하나에
오롯이 담겨 있기 때문이 아닐까요.

그 사연들이 모여 만들어낸
아름다운 형상이 전하는 이야기 때문에
우리도 모르게 우리 마음이 따뜻해지는 것은 아닐까
생각해 봅니다.

31화 부드러운 목소리

뱃속의 아가에게
예쁘게 속삭이던 목소리가

점점 거칠어지다 못해

엄마가 안된다고
해잖아!!!

이이이잉~

맘속 깊은 곳에 숨어 있던
악마의 목소리를 내는
나는 21개월 차 엄마다.

우리 애기~
엄마가 사랑해 ♥

매일같이 하루를 돌아보며
내일은 잘해보리
다짐하지만

이렇게 이쁜 아가한테
엄마가 왜 그랬을까?
엄마가 사랑하는 거
알지? 주절주절…

그 다짐은 그다지
오래 가지 않는다.

그나마 위안이 되는 것은
나만 내적 갈등을 겪고 있는 것은
아니라는 사실이다.

우리 애만 말썽을 피우고
떼를 쓰는 것 같지만

다른 엄마는 당황하지 않고,
화내지 않고 현명하게
넘어가는 것 같지만

알고보면 나와 크게
다를 것 없는 듯 하다.

지극한 사랑으로
'우리 애기'를 연신
외치던 엄마도

이성을 잃는 것은
한 순간이고

정성을 담아 뜨개질을 하는
다정한 엄마도

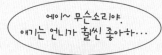

언제 악마의 속삭임에
넘어갈지 모르는 것이

3살짜리 아이를 둔
엄마들의 모습인 것 같다.

더 나은 내일을 다짐하며
반성의 글을 적는 나 역시도

주변을 의식하지 않고
화를 내고 있으니
할말이 없다.

다들 그렇다는 이유로
화 내는 것을
합리화해선 안 되지만

그렇게까지 말한 건 아니었는데
왜 매번 못 참을까,
왜 감정을 섞어서 혼을 낼까...

나만 제대로 못하고 있다고
자책하고 주눅 들것도 없다.

내 감정과 엄마라는 역할 사이에서
균형을 맞춰가는 일은
아직도 어렵지만

오늘도 내 모습을 돌아보며 바라본다.
내일은 조금 더 최선에 가까운
하루를 보내기를…

"봄이 왔다"

꽃이 예쁘게 피고, 날씨도 좋다.
불어오는 봄바람이 좋아서
예쁘게 꾸미고 나가지만,
언제나 그렇듯 패션의 완성은 아기띠…
아무리 애를 써도 남들 눈엔 아기 안은 아줌마일 뿐이지만
꽃과 봄바람에 설레는 마음은 아가씨와 다를 게 없다.
(TV드라마 속 아줌마들의 대사를 내가 하다니…)

주말만 기다리다가는 벚꽃이 질까
아줌마들끼리 간 벚꽃놀이.
바람에 흩날리는 꽃잎에 엄마들도, 아가들도 신이 났다.

여유를 부리며 벚꽃을 구경하려면
아직은 한참을 더 기다려야 할 테지만

흩날리는 벚꽃에 넋을 잃는 건
벚꽃을 처음 본 너나
매년 봐온 나나 똑같다.

네게도, 봄은
언제나 따듯하고 설레는 계절이었으면 좋겠다.

엄마가 되기까지

초판 1쇄 발행 2017년 4월 20일

지은이 김수희
펴낸이 권기대
펴낸곳 도서출판 베가북스

총괄이사 배혜진
책임편집 최윤도
디자인 김혜연
마케팅 이상화 강나은

출판등록 2004년 9월 22일 제2015-000046호

주소 (07269) 서울시 영등포구 양산로3길 9, 201호 (양평동 3가)
주문 및 문의 02)322-7241 **팩스** 02)322-7242

ISBN 979-11-86137-47-5 (03810)

홈페이지 www.vegabooks.co.kr
블로그 http://blog.naver.com/vegabooks.do
트위터 @VegaBooksCo　　**이메일** vegabooks@naver.com